~~ 如意的星空 ~~

如意的星空

张如意 著

河北大学出版社
·保定·

出 版 人：朱文富
责任编辑：翟永兴
装帧设计：赵　谦
王占梅
责任校对：刘梦茜
责任印制：闻　利

图书在版编目（CIP）数据

如意的星空 / 张如意著 . -- 保定 ：河北大学出版社，2020.10
ISBN 978-7-5666-1704-0

Ⅰ . ①如… Ⅱ . ①张… Ⅲ . ①诗集－中国－当代
Ⅳ . ① I227

中国版本图书馆 CIP 数据核字 (2020) 第 206906 号

RUYI DE XINGKONG

出版发行：河北大学出版社
地址：河北省保定市七一东路2666号　邮编：071000
电话：0312—5073003　0312—5073029
网址：www.hbdxcbs.com
邮箱：hbdxcbs818@163.com
印　　刷：保定市正大印刷有限公司
幅面尺寸：150 mm × 230 mm
字　　数：100千字
印　　张：13
版　　次：2020年10月第1版
2020年10月第1次印刷
书　　号：ISBN 978-7-5666-1704-0
定　　价：76.00 元

星空里传来一支歌

——《如意的星空》序

刘增山

刚刚放下墨香四溢的《如意四季歌》，又迎来诗人张如意第二部诗集《如意的星空》的新作出版，诗作以其思想和艺术的光芒辉映了诗坛，在我们面前呈现出一个群星闪烁的星空，叩响无数读者的心。

《如意的星空》包括了作者在国内及在国外创作的诗歌100余首，时间跨度十多年，是作者人生历程中思想精髓与艺术探索的积淀。悉于品赏四季风光、耕耘春华秋实的诗人，如今却立于星空，从生活中更高的空间俯瞰人世百态，其文思自由流淌，波澜起伏，散发着真挚、热烈、高远的情绪，浓郁着多姿多彩的星空，激荡着人们对天地的敬畏。人们也从中窥见到如意的另一个浩淼的情思世界，进一步洞悉了作者对生活与文学追求的纵深。

与诗人出版的《如意四季歌》相比，《如意的星空》以自由体诗更为洒脱的笔调，以更为敞开的襟怀，以更为直率的情境陈述，亦韵亦文亦白诗画了星空的崭新题材，抒发了对星空的深层认知。《望月》《夜思》《人生》《咏月》《向后转》《我是一颗小行星》等诗作，酣畅淋漓地抒发了诗人多维的情感以及对生活的感悟，透视出更深的人生况味，给人以多层面的启迪。

一

《如意的星空》是怎样的一个星空？

这是一个缤纷怡美的星空。

读《如意的星空》，你会感受到诗人自由的呼吸，以及对生活更为开放的发思。诗人张如意笔下的星空呈现的是一种多层次的美：

“上空”有宇宙特意安排的缓缓游动的浩瀚的星海，有“美得让人流泪/美得让人生出好多虚妄”（《望月》）的月亮，有“枕着星星睡觉”“随着整个宇宙转动”（《七夕》）的银河，有在“寒冷的夜幕”（《冬晨启明星》）中也守约而出的启明星……

在“中空”，你可以看到撩起长衫舞满天下的白雪、高原上盘旋的雄鹰和心思重重的悠悠的白云，还有散发着北国韵味儿的太行的风……

“下空”有我们生身的露出慈祥的微笑的丰腴的大地；有唱着歌，在“轻盈的华尔兹舞曲”（《故乡的小河》）中走出大山的季节河；有“当桃红柳绿之后”（《马兰花开》），不与桃李争芳斗艳的马兰花；有“柔弱中/隐含着一股坚韧/倒下了/就会再站起来”（《芦苇》）的芦苇……

如意笔下的风景很立体，多维星空的风景被拟人化的修辞描写得情不胜尽，美不胜收。请看《秋晨红霞》中的描写：

美了的
是今晨的云
笑了的
是天边的霞
醉了的
是我的心

星空有着写不尽的缤纷怡美。当然，我们读如意的星空，不是只去观赏星空的泱泱景观，因为在诗人笔下，星空的景致还只是个引线，作者创作的更深的动意是要通过星空追寻一种美丽的深邃，进而去悟道他那份典藏的内在。在星空游弋的诗人，在令我们畅享星空的浩淼和美感之时，告诉我们的是星空与人之间存在的和谐与辨证，是人在星空的站位与内涵。

如《看云》：

喜欢看云
喜欢看
云从头顶轻轻飘过去
云回望着我
我目送着云

几句互望，用意匪浅。我看云，云望我，自然会想到卞之琳“你站在桥上看风景，看风景的人在楼上看你”的诗句，自然也会衍生“你站在地上看风景，看风景的人在星空看你”的联想，问题是：你的身份你的作为你的造诣，能经得住看吗？这是对人生状态的正告。由此看来，如意的星空是“天人合一”的星空，人是星空之子，星空是人的住所。读过《看云》，不得不深受作品情绪的感染而联想到自己：人行事，天知道，如何度过星空下的人生自会有解。人在星空里很渺小，但渺小的生命能不能活出超越渺小的意义？诗人在《烟花》里做了回答：

神奇的绚丽
昙花般的短暂
把自我的价值和意义
定格在灿烂的
一瞬间
……
燃烧了自己
给世界一个
美的宣言

与时空无限的星空相比，人的生命只不过是很短很短的“一瞬间”，人活着，要懂得珍惜，要无愧于星空的接纳，要以自身“一瞬间”的灿烂，充值星空绝美的壮丽。

这是一个引人入梦的星空。

梦是诗人们最爱的题材，古往今来，诗梦难分。

星空，本身又是梦最好的摇篮，诗人张如意每每看到闪烁在浩渺夜空的星辰，便会禁不住入梦，且是绚丽多彩。诗人也许是查阅了西格蒙德·弗洛伊德的《梦的解析》，故《如意的星空》里的梦富含许多的暗示。

诗人曾梦见自己是一颗小行星，“躺在银河的璀璨中/做一个/飞出宇宙的/梦”（《我是一颗小行星》）。会飞翔的梦，喻示生命会有新的超越。

诗人在人生的旅途，曾“躺在你（月亮）温润如玉的光影下/静静地/酣眠”（《咏月》）入梦。静美的梦，喻示着你的梦想成真不会遇到太大的障碍。

《梦雪乡》中，在“白雪编织的穹幕”下，诗人梦见故乡的小河、田园、村庄和儿时的伙伴。梦见儿时的伙伴，喻示着你的生命永远不会孤独。

《秋天的歌》中，诗人“遥望着远方/梦想着/那再也回不去的/童年和故乡”。梦里不归老路，是有新铺的路在你的前面延伸。

诗人喜欢下雨的时候能“醉在梦里/让飘飘渺渺的雨烟/带走我的思绪”（《下雨的时候》）。梦见雨中远去，喻示你将远离如雨般连绵的忧伤……

梦是一种意愿，也往往是一种抱负。诗人心里涌动着一种播撒福祉的善念，故有时沉入梦中“让人不愿醒”（《遥远的银河》），醒来了，便“想飞上天空/与你（梦想）并肩”（《冬晨启明星》），期待“让梦想自由飞翔”（《浮云》）。

谢谢善良的诗人，从星空带给我们如此绚丽诱人的好梦。

这是一个充满牵挂的星空。

“你眨着明亮的眼睛/穿过几万亿光年/注视着我/我仰望着你/宇宙静悄

悄的/一切的话语/都是闪闪沉默”（《冬晨启明星》）的牵挂。我们生活的地球是星空的一部分，故人间演绎出的剧情当然与星空密不可分。如意眼里的星空，实是我们身边的天上人间。

诗人的心事很重，他的牵挂很多很多。

这里有对四季的牵挂。诗人内心有着很深的平等、博爱的情结，一树一草一花一鸟，诗人都会寄予真挚的同情与呵护。秋天了，诗人对那些洒落的种子充满了牵念：冬天，它们会在哪里安家？春天，它们会在哪里发芽？明年，它们会开出什么样的花？在《虫鸣》里，诗人欣赏秋虫在自己的世界里用歌声传递着彼此的爱，也表达着对人的嘲讽和抗争，牵挂着它们会不会因拼力维护自己生命的尊严而受到歧视和伤害。于是诗人呼吁：

人类
请不要打搅它们
更不要伤害它们
我们只需
站在远处
静静地倾听
倾听它们的倾诉
倾听它们的心声

这里更多的是对生灵的牵挂。初冬时节，在老家邻居的墙角下，看到那堆“讲述着成百上千年的/祖先的故事和冬的风情”（《初冬》）的一堆大白菜和一捆大葱，让诗人牵挂起父老乡亲过冬的冷暖。面对“向着光明生长”（《犹大》）的生命，他牵挂着善良和诚实能否被邪恶的灵魂所吞噬……

有一种牵挂叫良心，有一种良心叫牵挂。

这是一个情爱绵绵的星空。

爱与恨是文学永恒的主题，更是诗最为痴迷的伴侣。

张如意虽然是一位心亦静情亦静的诗人，但藏匿在内心深处的情爱也会耐不住地涌上心头。天下有情人，未必都会走到一起。虽然近在咫尺，却总是失之交臂。“你错过了我/我也错过了你”（《过客》），留下了不知有多长的相思路。在《咏月》中，望着月亮“圆了又缺，缺了又圆”的“俏丽的脸庞”，让诗人发出了“相逢的人看着你欢喜雀跃/离别的人对着你伤心落泪”的感叹：

不知是谁
让你成为多情的使者
穿越几十万公里
将光辉倾洒人间
所有的爱
所有的恨
所有的执念
都随着你的阴晴而跳跃

有一片云，在《如意的星空》屡屡出现，诗人总是放不下。在《离别》一诗中，诗人写道：

那片云啊
我不知道
我不知道
什么时候
会从我的眼前飘去
更不知道
更不知道

你会散落在哪里

可见，爱的分量在诗人心中有多重。

这是一个复答“天问”的星空。

星空里，有太多的提问，作者面对空间的“天问”，给予的回答既远又近，既近又远，发人深省。在《生命》中，作者借小言大。在对“一朵鲜花的生命只有几天/一片树叶的生命不过三季/一条狗的生命十几年/一个人的生命最多百八十个春秋”作出喻示之后，在叩问宇宙“什么是短/何又为长”时，诗人悟道：

所以，宇宙万物
没有长短
也没有大小
宇宙的本质是生命
生命的本质
是活着

点题之笔，出人意外，掩卷远眺，却又能领悟诗人对生命本质的揭示。

当然，“活着”并不是诗人的终极主张，《假如》中所道出的，才是诗人所要的人生的真谛：

假如雨露不能滋润大地
就让它化作冰山
永远封存在遥远的极地

假如春风不能抚慰嫩叶
就让它充进轮胎

终生与水泥路面活在一起

假如太阳不能温暖万物
就把它囚禁在深深的幽冥
一辈子与黑暗为伴

假如月亮不能述说离恨别情
就让它被天狗吞噬
然后变成银河的垃圾

假如生命之火不能为青春和爱而燃烧
就让它化为腐朽
永远做宇宙的尘土

“心中有阳光/一切都会敞亮”（《感恩》），这是诗人近乎超于星空的“天问”之答。这里的“阳光”是目标，是定位。心有方位，便会活得很敞亮，很星空，因为知道该做什么，不该做什么；该怎么活着，不该怎么活着。“心中有阳光/一切都会敞亮”，这句箴言式的诗句，有可能成为一句流行的网红语句。

这是星空对生命价值的揭示，也是星空的宣言。

这是一个静谧宁静的星空。

情义是诗人的信仰。诗人的性情，多半风情万种，其人其诗也如火如荼，如冰如雾，如云如雷，如雨如风。世上有多少人，便有多少星空。如意喜静，诗人在大千世界的形形色色和林林总总中，寻找的是宁静的一隅，用以安放自己的情感和心灵。《如意的星空》给予我们的是静谧宁静的星空。他希望人们能通过阅读和修炼，在星空里找到属于自己的一方净土，从中获得静谧的快乐。在《秋韵》中，诗人面对秋末白的茅草、黄的芦花，尽管生出淡淡的感伤，但呈现给我们的却是一种充实和平淡的静候与安详。既然“青春不再勃发/生命不再激昂”，那么，就去用美的韵母完成生的篇章　。在《我是一颗小行星》中，诗人直言：

我
是一颗
小小的行星
借着太阳的光芒
在无垠的天幕中
维系着
淡泊的生命

生得淡泊，活得清净，是诗人的恪守。

这是一个溢满人生睿智的星空。

人如何在星空下好好活着，是诗人在《如意的星空》里所要诠释的一个重要课题。芸芸众生，无不在熙熙攘攘地向前走。而如意却在《向后转》这首诗中向人们呼喊：要轻轻按下生命步履中的OFF键，让心平静下来，放慢脚步，向后转。其理由是，来时可能因为走的太匆忙，以致“我们会发现/身后/竟有那么多没来得及欣赏的/风景线”和那些没有来得及珍惜的情和缘。请看这首诗的后面几句：

向后转
不是为了倒退
当拾起了我们的错过
当捡起了我们的初心
当找到了我们的无悔
当寻觅到了生活的斑斓

我们才可以

更好地

向前

如何更聪明地活着，活出星空的烂漫，活出生命的无愧，真的有必要请教一下《如意的星空》，在诗里或许你会找到自己的答案。

二

如意的诗魂是星空上最亮的那颗星。

诗人说：“写诗需要有一颗诗心。所谓诗心，我认为就是一种真诚，是一种真诚的表达和表达的真诚，也是诗歌的灵魂。诗歌是一个人对生活感悟和思考的升华，是一个人人生观和价值观的真实反映。因此，我写诗的首要原则就是真诚。”真诚，是如意做人的灵魂，也是如意的诗魂。

真实而诚实地活着，是诗人的律条。

生活中，真实与虚假之间的确有令诗人左右为难的时候。在《理发店》这首诗中，诗人回忆了自己从年轻到成年的理发过程。小时候怕理发师剃头刀的寒光和狰狞的表情；年轻的时候在乎发型是随传统，还是赶新潮；到了中年，看到渐渐灰白了的两鬓，在染发还是不染发之间开始纠结。一直在藐视虚伪和欺瞒中走过来的诗人，最终还是“还俗”了：

我们抵挡不住岁月的风霜

更害怕青春的老去

为了虚荣

为了逃避

我还是染了发

而且是自然的黑色

……

当熟人夸我年轻的时候

我脸上

露出了一副尴尬的笑

自律的人都不怯自嘲。

能深切透视诗人灵魂的《曼陀罗花》，可谓是一株灵魂之花。这美丽的曼陀罗花，虽是有着洁白的花瓣、紫色的花心，却被万万年误认为是有毒性的恶之花，看不下去的诗人挺身而出，为这花正名：

人们不知道

你身上的毒

是为了保护你的美丽

你的神秘

是为了躲避

这世间的是是非非

诗人要让阳光，还此花一个清白；让暴雨，冲洗掉此花身上的污垢。在月光下，诗人还有意和曼陀罗同舞生命的华丽，并大声告白：

如果美丽是一种毒

我希望你的毒素

染遍世界

如果善良是一种毒

我希望你的毒素

遍布山川大地

如果真诚是一种毒

我希望你的毒
浸入人心

这是为曼陀罗伸张正义的震耳欲聋的呐喊，也绝非只为一株曼陀罗。

如意的星空是一种心灵的境界。

诗人以灵魂唱歌，或悲或怨，或喜或乐，皆出自肺腑，鲜活生动、摇曳多姿。生性多哲的诗人总是对生活有着更多的顿悟，如意的诗作是感于物而作，是心灵的映现。在《我是月亮的黑暗》这首诗中，作者讴歌了黑夜的亮点——皎洁的月亮。他说：

我
盼望着
夜的到来
在无边的黑暗中
只有你的皎洁

这是诗人挚爱光明的心语。更可贵的是，作者不是如一些人那样，只是去消费风花雪月借阅光明，而是思考着月亮为什么会有这样的皎洁。思来想去，为了让月亮皎洁常在，诗人要做月亮的黑暗，做光明的衬托。这是一种献出自我的拳拳之心。而在另一首《冬晨启明星》中，诗人灵魂深处的觉悟表现得更为直接：

我想把自己变成无垠的黑暗
成为你永恒的夜空

做一颗星固然会在星空闪耀，但是如意却为自己选择了黑夜，选择了去做星空的陪衬，去做月亮的背景。星空之所以明亮，是因为夜的黑暗，黑夜是星空的不可或缺。“我只有在夜里，才知道光明的珍贵。”（泰戈尔语）《如意的星空》沉淀着如意灵魂深处承载的忧思与畅想、幻灭与梦寐、忧郁与期待，折射着如意精神结构中永恒的尊严和美丽，体现了诗人追求真善美、扬弃假恶丑的执着意念和高尚情怀。

三

纵观《如意的星空》，空灵浪漫，折射出很浓的浪漫主义色调。

“白天/我与太阳高歌/晚上/我和月亮低吟”（《愚人》）。诗人似乎一直在与日月的交谈中探寻星空的奥妙。诗人甚至把自己对星空的理解“卷在希望的面包里/大口地/嚼”（《风景早餐》）。在嚼咽之后，诗人终于拿到了星空奥秘的“菜单”。这是诗人浪漫运笔于星空诗作的经典写照。

浪漫主义诗歌创作，具有独特的想象力和超凡的自由。在《如意的星空》中，到处飞翔着浪漫的翅膀，给星空这个充满意念的奥宇增添了超乎想象的气场。例如《旅途的云天》，诗一起兴，便如梦如幻，以云天为情侣：“如果你没有结婚/假如我没有嫁人/我会和你/谈一场/轰轰烈烈的恋爱” 。接着，诗人通过想象中的“约会”，将人们带进一个空灵版的世界。最终，诗人要告诉读者的是，在漂泊的浮世，不仅要看到可恶的尘垢，还应去发现更多的美。面对丑恶的纠缠，与其心灰，与其放弃，与其颓唐，莫若让心中重新燃起远行的希冀。旅途，在这里被羽化成了一种抽象，一种萌意，一种摆脱制障的心的风景。在《思想的透支》中，诗人通过虚拟的生命形态，将这种浪漫情怀表现成更为奇特的肆意：

躺着
不一定是懒惰
因为思想还在
……

在这个世界上
当你站不起来的时候
干脆
就躺下
做不了高山
就成为一条溪流

《如意的星空》，“空”而不空，它盛满生活，体现了鲜活的现实主义。

《如意的星空》，充溢着诗人辎重的社会意识、鲜明的使命意识，以及强烈的生命意识与思辨色彩。如意的诗，取材于他丰富的生活阅历，这里有他乘坐过的“绿色铁皮列车”（《坝上行》），有在堵车面前无法突围的“随波逐流”（《命运》），有“一望无际的青纱帐”（《我的青纱帐》），有刚刚从讲台走下的大学教授……

诗人的《每一次》写的更为经验，更为矫情。在这首诗中一连五个“每一次”的排比，层层画面，句句递进，目随景移，都是伸手可触的灼烫的生活，真实而富有温度。

作为大学教师，诗人当然不会不把教学写成诗。请看诗人的《走出教室》：

拍拍手上的粉笔末
就像抖掉了浑身的疲惫
推推下滑的眼镜
就像忘却了多年的苦与酸
最后
再看一眼那一张张稚嫩的脸
默默地
走出了教室

教学，是他的职业、他的生活，也是他另一部为之自豪的如意之作。

如意说：“写东西，是我的一个爱好，也是我的一种生活方式。我的职业是大学教师，平时的工作也包括学术论文的写作。但学术论文写作讲究的是批判性的逻辑思维，而诗歌创作更偏重于感性，属于形象思维。在日常生活中，经常有一些感动或感悟，我喜欢诗歌的简短形式和富有张力的语言，于是诗歌就成了我思想感情表达的一个重要方式。在诗歌的写作过程中，我感到了内心的充盈，同时也享受了表达的快乐。”

满满的，都是诗人从写作与生活的池水里捞出来的幸福感。

诗人所说的享受表达的快乐，是释放情思的快乐，是循走自己思路的快乐。比如《冬晨的路》，尽管冬天的早晨很冷，风雪交加，寒风刺骨，但诗人却乐走不疲。走了一天又一天，走了一冬又一冬，走了一年又一年，甚至他说要走一千年、一万年，直到永远。诗人走冬晨的路为何如此执着？因为他把在冬晨中起早赶路，已视为是自己的“宿命”。正如他在这首诗中所说：

> 我喜欢
> 在黑暗中行走
> 我喜欢
> 在寒风中挣扎
> 我也喜欢
> 踩着冰雪向前

优秀的诗作，都是具有鲜明意象的作品。在《如意的星空》中，诗人的现实主义创作手法多着笔于“意”，即对生活意念的追求；诗人的浪漫主义创作手法多着墨于“象”，即境界形象的升华。作为在传统与当代间成长起来的中生代诗人，他的创作道路承上启下，形成了自己独有的创作风格。张如意以浪漫主义与现实主义相结合的创作方法，在富有乐感的语言交响中，珠联璧合，相得益彰，达到了“意”与“象”相结合的神来之妙。这是《如意的星空》一书鲜明的艺术特色。

自从走进诗林，如意一直在快步行进，也一直在努力拓展个性化的创作路径。他已为自己规划了一个很长的路线图，且正铿锵不懈。

正如他在《行走》这首诗里所说：

我舍不得停下
也不能停下
哪怕前面
更黑
更冷

你舍不得这条路，这条路也舍不得你，也不能没有你。

往前走去吧，诗人，《如意的星空》是你前行的一颗启明星。

走着就是开头，

停下就是尽头。

在你面前，没有更黑，因为生活没有永远的暗夜，只有更亮的明天，未来在前面等着你；在你面前，没有更冷，因为生活没有永远的冷酷，总会有春暖花开的季节，春天在前面等着你。

2020年9月9日于北京

目录

愚人

在四月的夜晚
我仰望着三月的一弯新月
在三月的桃红中
我闻着四月的花香
在四月的清晨
我看三月的日出
在三月的柳绿下
我沉醉四月的春风

月亮要约我漫步三月
太阳想携我走过四月
所以
我一直在困惑
不知要三月还是要四月
不知跟随太阳还是月亮
天道是什么
我又如何

于是
白天
我与太阳高歌
晚上
我和月亮低吟
我的身
一半属于三月
一半属于四月
而我的心
永远在春天里冬眠

凝视

有一双眼

却难看遍

有一颗心

却难思尽

只看一点

只思一件

于是

刹那间

我便是世界

世界就拥有了我

美的追求

睁开眼睛
又要开始周而复始的营生
面对浑浊的雾霾
面对沉闷的天空
面对令人窒息的空气
留恋与你独处的短暂时光

怀中藏好你的温柔
眼望着美好的希冀
还要行走
还要奔跑
哪怕迎着风雨
哪怕咽着泪水

毕竟
你给了我行走的力量
在躁动中寻求一些安静
在黄沙中寻求一些绿意
在污浊中寻求一些美丽
坚持、坚守、坚信

风景早餐

送你几朵
新鲜的
云
卷在希望的面包里
大口地
嚼

送你几滴
多情的
雨
落在执着的牛奶中
小心地
吮

送你一阵
昨夜的
风
轻抚思念的莴苣菜
慢慢地
咽

这就是今晨
送给你的
菜单

走出教室

习惯了一次次谢幕
习惯了一次次告别这舞台
习惯了一次次说再见
只把深深的不舍
夹在合起的书本里
只把淡淡的忧伤
隐藏在转身的瞬间

拍拍手上的粉笔末
就像抖掉了浑身的疲惫
推推下滑的眼镜
就像忘却了多年的苦与酸
最后
再看一眼那一张张稚嫩的脸
默默地
走出了教室

寒风迎面吹来
没有星星
也没有月亮
只有远处楼宇的灯火阑珊
我裹紧了大衣
缩紧了身子
独自走向寂静的公交站

或许
人生
就像这公交车
一站一站
无论风霜
无论雨雪
也无论现在还是往昔
循环往复
来了走，走了来
过去的就过去了
请不要说再见

醉别桃红

有清风习习
吹面不寒
有淡淡残月
挂在南天
阳光灿烂
满目翠绿
空气甘甜

初夏
像久别的恋人
像心中时时的思念
不经意间
已经来到身边
今晨
可以醉
对着那最后一抹桃红

生命

一朵鲜花的生命只有几天
一片树叶的生命不过三季
一条狗的生命十几年
一个人的生命最多百八十个春秋

我们叩问宇宙
什么是短
何又为长

牵牛花必定看到太阳才开放
合欢花只有见到星星才进入梦乡
所以，宇宙万物
没有长短
也没有大小
宇宙的本质是生命
生命的本质
是活着

美是什么

美是一种发现
需要一双慧眼
美是一种邂逅
需要行走
美是一种心情
需要安静
美是一种爱
需要专注
美是一种理念
需要坚持
美是一种理想
需要打破桎梏
将生命放飞
美并不遥远
就在我们身边

儿童节遐思

约好了
坐上时空飞机
穿过时空隧道
约会童年的我和你

那时
刚刚系上红领巾
我穿着灰色小褂
袖口打着补丁
你穿着洁白的衬衣
额头上飘动着乌黑的刘海儿
一样的晨风
一样的旭日
一样的蓝天和白云
我们欢快地走在
金黄色的油菜花田里

多么想让时光倒流
让心永远留在
快乐的春季

六一

遥远的银河

这样的夜
总是难以让人入睡
这样的梦
总会让人不愿醒

看了几千年
还是那么亮晶晶
想了几万年
还是时时上心头

那是一条
汇聚了万千思念的河啊
那是一座
用爱的誓言镶嵌的桥

为了这一刻
你等待了三百六十个日夜
为了这一刻
你流干了所有的泪

谁能告诉你
相思的路怎么那么长
爱的河
为什么那么遥远

谁能够
阻止银河的水啊
谁又能够
让彩虹桥天天出现

爱人石

在大山里
有两块石头
像一对夫妻
紧紧地
依偎在一起
过了几亿年

风雨
腐蚀了
他们的容颜
岁月
形销了
他们的躯体
但是
他们紧紧地
依偎着
不离不弃

没有
花前的承诺
也没有
月下的誓言
只有
大山一样的
坚韧
岩石一般的
意志

任凭
天寒地冻
任凭
酷暑烈日
任凭
天崩地裂
他们从不分离
紧紧地
依偎在一起

夏天的雨

这雨
哗哗啦啦
来到古城
裹着太行的风
携着渤海的云
飘荡着冀中平原的气息
也散发着北国夏天的韵味儿
这雨
哗哗啦啦
来到古城
承载得太多
裹挟得太厚
让我这单薄的衣衫
破旧的雨伞
顶不住
淋不起
于是
我躲进自己的心房
避开你
这哗哗啦啦的雨

堵车

像困在一条
无尽的长蛇的腹腔中
只能随着蛇的胃液蠕动
情趣、意志、耐心
都在无奈中
化作叹息
不能挣扎
不能愤怒
希望
在粘稠的
车流的胃液中
磨碎

于是
我只好
随波逐流

坝上行

心里装满
燃烧着的
冀中的
热情

挥手告别
板结着的
太行山的
天空

乘上
看一眼
就会想起
青春序曲的
绿色铁皮列车

掠过首都
穿行长城
跨越燕山
就要到了
离天路最近的地方
冀北山城

天近了
云近了
梦也近了
几滴急雨
冷却了虚妄的焦躁
一阵凉风
吹散了忙碌的心情

我想掬一捧
高原空气
送到你的嘴上
我想扯一朵
塞外的白云
披在你的身上

我想让绿色的铁皮车
不停地
穿越
向着遥远的梦

离别

不知为什么
忧伤
总是挥之不去
睁开眼睛
到处都是花落的失意

我也想
痛快地忘记
可是
谁又能清空
潮水般的思绪

我不懂什么是别离
也不知道什么是珍惜
可是
我总对着夜空的星星
啜泣
望着渐渐隐去的晓月
吟诵伤心的诗句

那片云啊
我不知道
我不知道
什么时候
会从我的眼前飘去
更不知道
更不知道
你会散落在哪里

索性
我将过去的忧伤
和对未来的期许
都交给你吧——任性的风
请你带上我
远去

每一次

每一次乘飞机
都选择靠窗的位置
并不是为了看风景
而是想和天
靠得更近

每一次登山
都要爬上顶峰
并不是为了攀高
而是想站在山颠
看更远处的风景

每一次穿越小溪
都要掬一捧水
并不是为了解渴
而是想触摸
季节的体温

每一次远足
都想向着天边走
不是为了走得多远
而是要找寻
心灵的归宿

每一次离开家乡
都要频繁地回头张望
不是舍不得那个小村庄
而是忘不了
母亲的面庞

夜行

夜，黑洞洞
眼前，只有微弱的街灯
我依然前行

夜，黑洞洞
耳边，只有拍打树叶的风
我独自前行

夜，黑洞洞
脚下，只有弯曲的小径
我小心前行

夜，黑洞洞
天上，只有一颗星星
我欣然前行

咏月

月亮
不知是谁
也不知什么时候
给你起了
世界上最美的名字
从此
你就成为了美好
美好也就成了你

月亮
不知是谁
把你高高地挂在了夜空
让你成了
茫茫黑暗中的光明
宇宙间永恒的风景

月亮
不知是谁
让你圆了又缺
缺了又圆
相逢的人看着你欢喜雀跃
离别的人对着你伤心落泪

月亮
不知是谁
在晴朗的夜晚
让你洁白如雪，银光似泄
在薄暗的暮色中
把你藏进云雾
俏丽的脸庞上
蒙着一层淡淡的忧郁

月亮

不知是谁

让你美得妖艳、绚烂

撩动着夜色的浪漫

点燃着痴迷的心

整个地球

都因你而激动

月亮

不知是谁

让你成为多情的使者

穿越几十万公里

将光辉倾洒人间

所有的爱

所有的恨

所有的执念

都随着你的阴晴而跳跃

月亮

你是地球上

不老的传说

你是天地间

永远的圣洁

我

只想在梦中

躺在你温润如玉的光影下

静静地

酣眠

恋夏

坐在窗前
静静地
享受晚风送来的清凉
和夜幕捧出的月光
我知道，秋就要来了

脑海里
还在播放雷的激情和闪电的狂放
心
总想留住雨的歌声和水的交响
耳
从蝉鸣中听出了季节的呼唤
从蛙声中闻到了时令的匆忙

狗尾草结籽儿了
芦苇的头发长长了
枝头的石榴泛红了
路边的牵牛花要睡着了

眼睛
有些湿润
鼻子
有些酸

夏
我不想让你走
我想变成蒲公英
在你的头顶做最后一次盘旋
我想化作菖蒲花
钻进你的怀抱
再说一句悄悄话

然后
一起飞舞
拥抱秋的时光

初秋晨语

秋悄无声息地来了
正像夏悄无声息地走
还没有准备好秋装
还没有整理好和夏告别的心情
还没有和昨夜的萤火虫摆摆手
你就来了

晚上睡觉
不自觉地扯上了棉被
早上出门
裸露的肌肤感到了冰凉
最不忍看那些树和草
像我夹杂着银丝的头发
和布满沧桑的面颊
苍老的绿色中
有的已经泛黄

岁月的河啊
就在这无声无息中流淌着
有限的生
就在这季节的转换中消逝着
而我的心
更加平淡
它随着循环涌动的血液轻歌
在永恒的温暖怀抱中
跳动、跳动……

秋韵

秋天是一首诗
植物是诗的韵脚
在风的吟诵中
茅草呼应着白
芦花答应着黄

她们用穗和芒书写着
季节的旋律
秋天的主题
唯美和淡淡的感伤

那是历经风雨
享受过春和夏的盛宴之后的
一种充实和平淡
那是静候自然和命运中的安详

青春不再勃发
生命不再激昂
只用美的韵母
完成生的篇章

看云

喜欢看云
喜欢看
洁白的云
一朵或者几朵
悠闲地
漂浮在湛蓝的天空

喜欢看云
喜欢看
静止的云
像几匹马儿
静静地
伫立在碧绿的大草原

喜欢看云
喜欢看
旭日染红的云
像少女羞红的脸蛋儿
遮盖着东方的天

喜欢看云
喜欢看
从天边急剧升起的云
像陡峭的雪峰
垂直地压向大地
顷刻间
洒下一场瓢泼大雨

喜欢看云
喜欢看
云从头顶轻轻飘过去
云回望着我
我目送着云

浮云

一片云
飘在空中
静静地
飘在空中

像离群的雁
伸展着翅膀
永远
飘在空中

云很小
也不成形
不用什么思想
更没有方向
孤独地
飘在空中

把身体交给风
让梦想自由飞翔
天空即是故乡
也做他乡

一片云
飘在空中
就像一叶小舟
在海上
飘着

到了夜晚
就伴着晚霞
消失在
黑暗里

秋天，我想留住你

秋天啊
你慢些走
秋天啊
你慢些走
我知道
你是在让风告诉我
凉爽之后就是寒冷
我知道
你是在让树叶和荒草告诉我
繁华之后总要枯萎
你来吧
尽管宣泄你负面情绪的所有

我喜欢
在萧瑟中寻找热情
我热爱
在寂寞孤独中体会生命
请不要说我消极
我也看到了硕果累累
我也看到了膘肥体壮
但我更想知道
那些洒落的种子
冬天在哪里安家
春天在哪里发芽
明年开出什么样的花
秋天啊
请你慢些走啊
慢些走

秋之歌

风儿吹

天凉了

坡上荒草高

虫儿鸣

声渐少

戚戚话寂寥

月儿弯

当头照

愁容挂树梢

夏去了

秋来到

人儿可安好

秋心

走进草丛
虫声很微弱了
为了活着
也为了和命运抗争
它们顽强地
做着最后的吟唱

走进林中
啪嗒一声
一片树叶飘落下来
躺在地上
望着高高的树冠
和仍在欢愉的同伴
它的脸上
露出了微笑
那不是凋零
而是一种过来人的
安静和恬然

来到池塘边
经过了夏的风雨洗礼后
池水变得很平静
鱼儿似乎感知不到
季节的变换
仍然在悠闲地游动
芦花黄了
微风中
摇摆着秋的丰韵

坐在山巅
沐浴着凉爽的风
望着天边那片片的白云
和山坡上的羊群
我敞开自己的心
拥抱着
秋天的心

生活

累

我只想

不问世事

醉倒尘埃

但是

放心不下

春夏秋冬

油盐酱醋

于是

爬起来，继续

生活

就是期盼和等待的连续剧

芦花

芦花白了
像一片片白云飘浮在水面
与秋风一起摇曳着高远的蓝天

芦花白了
像大地母亲挥起的巨型彩笔
描绘着金秋朴素的美丽

芦花白了
像历经风雨、风韵犹存的美妇
挺起细弱而坚韧的身躯
迎接寒霜冰冻

芦花白了
像骄傲而孤独的诗人
在万物萧瑟中对天狂吟

芦花白了
像时时浮现在脑海的童话
讲述着一个个天真灿烂的梦

命运

从前
我不相信命运
当一个盲人占卜师
摸着我稚嫩的肌肤和骨骼时
我进行了挣脱

命运
就像在不知深浅的河里游泳
靠着那一点点狗刨的技能
拼着命地扑腾
开始
并没有渡河的奢望
只是为了让自己
不被淹死
后来
发现越游越轻松
不但能游到对岸
而且
还可以变换泳姿
体会乐趣

但是
有一天
洪水来了
我挣扎了几下
没用
为了活着
只好随波逐流

现在
肌肤和骨骼
包括心
已经不再稚嫩
可依然没有挣脱
那个盲人占卜师的手

洒脱

五月的明月
邂逅夏夜的暖风
毕业的欢笑
遇上分别的心情

走出教室
我呆呆地
仰望着自己的那一片天空
一切
都是宿命
所以
我不再慨叹
只在心里
吹起自己的口哨
做自己的梦

向后转

我们长了一双眼睛
总是向前看
我们长了一双脚
总是向前走
我们长了一双手
总是往前伸
就连栽跟头
我们也习惯向前倒

可我要说
向后转

因为前方的路
并不很长
未来
总是有限的时光

如果
你要岁月的延长
那么
就停下来
如果
你要珍惜
就把脚步放慢
偶尔
也需要
向后转
人生没有第二次
时光也不可能倒流
我们只有放缓前行的节奏

我们只有调节心的律动
轻轻地按下
生命步履中的 OFF 键
让心平静下来
告诉自己
向后转

我们会发现
来的路上
曾留下一串串弯曲的脚印
我们会发现
身后
竟有那么多没来得及欣赏的
风景线
我们还会发现
那些没有珍惜的情和缘
向后转
不是为了倒退
当拾起了我们的错过
当捡起了我们的初心
当找到了我们的无悔
当寻觅到了生活的斑斓
我们才可以
更好地
向前

宁静

一个人
静静地
躺在床上

眼睛
直直地
望着天花板

心里
淡淡地
重复着同一种情绪

不用想
往昔
也不用思
未来
只守着这片宁静

没有欢喜
没有悲伤
一切
就像
水中的倒影
容不得丝毫波动

我
喜欢这种
宁静
喜欢这种
真实中的虚幻
喜欢这种
属于自己的
心的风景

塘边小草

我是池塘边的一棵小草
从石头的缝隙里钻出来
从春天到初夏
悄悄地
发芽、长大

哇！世界好美
左边的海棠树挂满了果实
右边的石榴花红红火火
天空的白云像草原上的羊群一样
悠闲、惬意
池中的碧水是那么安详、静谧

我身形单薄
手脚纤细
颤巍巍的脖项上
擎着一朵米粒大的小花

清晨散步的人们
从我身旁经过
他们赞美着池水的清澈
垂柳的碧绿
荷花的鲜艳
却没有人看我一眼
或许根本就没有发现我的存在
我有些不高兴
摇了摇细小的身躯
但转念一想
这又是何必
世界本来就是如此

我没有了哀怨
没有了气恼
也没有了艳羡
我用平静的微笑迎接日出
用淡雅的温柔送走晚霞
我伴着鸟儿轻轻地哼唱
随着风儿悠悠地摇摆

当疾风暴雨扑来的时候
我紧紧地抓住脚下的泥土
使劲地抱着身旁的石头
摔倒了
不怕
赶紧爬起来
打弯了
不怕
再挺起来

我知道
我的身体很羸弱
但是
我从不向强暴屈服
我知道
我的身体很矮小
但是
我从不向强大折腰
我知道
在人们的眼里
我很卑微
但是
我却拥有一颗高贵而美好的心

我偶尔的低头
是对自然的敬畏
我在风雨中的匍匐
是对天地的礼拜
我恭顺的温情
是对我爱的人的撒娇

我是池塘边的一棵小草
无视我的人
你，走过去吧
只顾赶路的人
你，走过去吧
无缘的人
你，走过去吧
不爱我的人
也请你，走过去吧

如果你
愿意停下来
坐在我身边
哪怕短暂的一刻
我会用我嫩嫩的青叶
拂去你脸上的尘埃
如果你
愿意停下来
坐在我身边
哪怕对我一个浅浅的笑意
我也会用叶尖透明的露珠
浸润你
跋涉的烦渴

我是池塘边的
一棵小草

夜思

夜，深了

听了好多的话，看了好多的人

可感觉，越来越模糊

以为是看客

却不知，自己也在戏中

于是，合上眼

让瞳孔只对着自己的内心

可依然是乱纷纷

思绪，就是个影子

看得见，却抓不住

索性，睡吧

不是为了休息

只是为了明天的早醒

夜，很深了

七夕

今晚

我

要枕着星星睡觉

躺在银河里

像在母亲的胎中

让身体

随着整个宇宙转动

可以

做一个梦

鹊桥

是一道七色彩虹

像霓虹灯一样

映着

你的

明亮的瞳孔

醉后

喝多了

只为旧情

为了血脉里

那原始的偾张

撕掉了

粉色面纱

只留下

岁月的面容

忘不了

泥泞路上

手挽手同心兼程

我是月亮的黑暗

我

盼望着

夜的到来

在无边的黑暗中

只有你的皎洁

我

盼望着

夜的到来

在赞美感叹声中

你像天真无邪的孩子

露出满面灿烂的笑容

我

盼望着

夜的到来

在一首首华丽的诗篇中

你是那最动人心弦的一句

我

盼望着

夜的到来

在斛光交错和对影三人中

你是醉舞的嫦娥

其实

我

也不用盼望什么

因为

我就是你的黑暗

我永远将你揽在宽广的怀抱中

当你疲倦的时候

我会让你枕着我入眠

当你寒冷的时候

我会用白云

给你盖上棉被

当你璀璨明亮的时候

我会让星星微微闪烁

送给你

幸福的笑容

望月

月亮又出来了

那么美

美得让人流泪

美得让人生出好多虚妄

好想走进它

想对它说句话

想离开这热闹

想离开这喧嚣

想在月光下静静地呆坐

想在黑暗中与它默默地对视

美丽的云朵

又看到了
那朵云

我在努力分辨
东边
是雪白
西边
是粉红
南面
是棉絮
北面
是雪花

色弱的我
和
不懂几何学的我
索性
不再耗费脑细胞
干脆
闭上眼睛
只在心里
默念一个字——美

其实
我根本不懂
美
就是天上的云朵

我是一颗小行星

我
是一颗
小小的行星
听从宇宙的安排
在浩瀚的星海中
缓缓地游动

我
是一颗
小小的行星
借着太阳的光芒
在无垠的天幕中
维系着
淡泊的生命

我
是一颗
小小的行星
累了
就躲开阳光
悄悄地睡去
厌倦了
就藏在月亮的背后
隐去身形

我
是一颗
小小的行星
从不知道生命的开始
也不留恋岁月的归宿
因为我只知道
漂泊
就是我的永恒

我

是一颗

小小的行星

我从不奢望

也不会后悔

只是用带笑的眼神

目送前边的同伴远去

张开温暖的怀抱

迎接身后的朋友走近

我

是一颗

小小的行星

偶尔

我会让自己停下来

躺在银河的璀璨中

做一个

飞出宇宙的

梦

初冬

初冬
是一个浪漫的声音
悠长的夜晚
温暖的被窝儿
母亲的童话
做不完的梦

初冬
在美妙的黎明
万物
开始着上冬装
表情变得庄严肃穆
大地正在安眠
太阳也不想苏醒
只有寥寥的几颗晨星
含情脉脉
辞别着微暗的夜空

初冬
痴情的是秋霜
她用自己的薄衣
盖住了酣眠的叶子
也挡住了几丝寒风
让叶
披红戴黄
在回家的路上
多了几分幸福和光荣

初冬
邻家的墙角下
多了一堆大白菜
和一捆大葱
老人们
用它
讲述着成百上千年的
祖先的故事和冬的风情

初冬
我
盼望着那场雪
在一个安静的晚上或黎明
悄悄降落
让我的脚印
留在
每日走过的
那条石板小径

初雪

你

这冬的精灵

终于来了

没有征兆

只是在昨夜的梦中

悄悄地

告诉云母说

我该去了

天明

你乘上朔方的风

轻轻掀动

银色的翅膀

带着优美的童话

向着梦想的地方

盘旋

飘落

没有亲疏

也无论贫富

只要是喜欢

你从不吝啬

用美丽和温柔

洒满村庄、树林、田野和山河

偶尔

你也会撒撒娇

落在行人的肩头

或送上一个亲吻

看到你

会想起

春天缤纷的落英

可是

你却没有丝毫的惆怅

只是飞啊飞

你的生命的所有

就是欢快的单纯

你

对着你的所爱

从不隐藏自己的心扉

也不避讳世俗的眼睛
只是舞动着洁白的羽
深情地告白
即使化作水
结成冰

你
这冬的精灵
来吧
世界在等你
爱
在等你

大雪

风很大
缭乱了你的秀发
喜欢看
你风中的模样
像狂舞的银蛇

风很大
撩起了你的长衫
喜欢看
你昂起倔强的头
像奔驰的骏马

风很大
吹动着你的睫毛
喜欢看
你顾盼间
含情脉脉
像晶莹的冰花

风很大
舞动着你的妖娆
喜欢看
你在旷野中
自由飘逸
像天外的飞仙

冬晨启明星

冬晨
默默地
独自行走在
寒冷的夜幕中
所能看到的
只有那颗明亮的星星
是那么亲切
却又那么遥远

我想飞上天空
与你并肩
至少
和你靠得更近
可是
黑暗，像无边的沙漠
像时空的铁幕
无论我如何行走、奔跑
我们之间
依然是等距离的遥远
望着你
我只有欣赏和赞叹

你眨着明亮的眼睛
穿过几万亿光年
注视着我
我仰望着你
宇宙静悄悄的
一切的话语
都是闪闪的沉默

我曾经希望
天空塌陷
也曾经希望
银河坠落
混沌中
只留下一道彩虹
踏着彩虹
终于
我飞了起来
轻轻地
抚摸到了
你的笑容

天明了
梦醒了
你就要隐去了
我想把自己变成无垠的黑暗
成为你永恒的夜空

寒冷的冬晨

今晨很冷
阴着
看不到月亮
星星也看不清楚
要下雪了

我独自走着
走在大年初二的街头
城市很安静
只有半醒半睡的路灯
守着漫长的冬夜

我只是默默地走
尽管知道前面的路
却想不到
哪里
什么时候
是行进的尽头

我盼望着下雪
是出自农民的古朴愿望
也装出几分文人墨客的风格
但我又担心下雪
因为走路的
已经不是我的脚
而是
飞机或车

今晨很冷
阴着
看不到月亮
星星也看不清楚
感觉要下雪

思想的透支

躺着
有时是累
有时是睡觉
也有时
是对站着的嘲笑

站着
有时是走路前的准备
有时是奔跑后的停顿
也有时
仅仅是一种活着的态度

躺着
不一定是懒惰
因为思想还在
如果有一天
思想没了
就是脑死
是一具只能呼吸的躯体

站着
也不一定有多么高尚
有时就是硬撑
如果你的头不正
腰板不直
或许
更是低下和矮小

在这个世界上
当你站不起来的时候
干脆
就躺下
做不了高山
就成为一条溪流

初夏星空

今夜
看到了星星
看到了久违的星星
抬起头
让眼睛过滤掉迷茫的灯光
我
看到了星星

微弱的
若隐若现的
闪烁在浩渺的夜空
一颗、两颗、三颗……
我在心中默念着
好像在数自己的家珍
心和身体
一起随着星星转动
像在梦中
看穹幕电影

星星带我回到了童年
初夏
旷野中
没有灯光
只有安详的夜
与和煦的风
星星
离得好近

我伸出手
想摸摸星星的笑容
我闭上眼睛
猜测着星星的梦
我踮起脚尖
对着星星
偷偷地
送出了
一个亲亲

那时的星星
简单
纯净
快乐
美好
是我们永远回不去的
童真

理发店

这半生
最不愿去的地方
就是理发店

小时候
怕理发师狰狞的表情
和牛一样的眼睛
更怕
剃头刀的寒光
和夹住头发时的阵阵
疼痛

年轻的时候
在乎的是发型
长发、平推或光头
个性的彰显
与偶尔的颓废
传统的保守
与新潮的追求
迈进理发店的脚步声中
夹杂着青春的迷茫和忧愁

到了中年
理发店
是惆怅和悲观情绪的触发地
从揪下的第一根银丝
到渐渐灰白了的两鬓
白发增加的速度
超过了
事业和成绩
看着镜子中的自己
面容大大领先了年纪

如今

我不想再去理发店

我不忍看着满头乌丝变白发

更不忍听洗发的服务生叫我

“老大爷，该染了啊！”

理发师咄咄逼人的发问

刺痛着我的耳膜

染还是不染

心里在反复犹豫

真实和虚荣

自然和矫饰

我们抵挡不住岁月的风霜

更害怕青春的老去

为了虚荣

为了逃避

我还是染了发

而且是自然的黑色

理发店

让我看到了自己的真实

那是岁月的真实

年轮的真实

理发店

也让我见证了虚伪和欺瞒

我顶着满头乌发

走出理发店

当熟人夸我年轻的时候

我脸上

露出了一副尴尬的笑

理发店

好难

犹大

和善的笑容后面
掩盖着伪善的心
甜蜜的言语后面
隐藏着阴险的计谋
华丽的衣装后面
包裹着邪恶的灵魂

幼小的时候
母亲曾告诉我
这个世界上
本没有鬼
可是
鬼
在人的心里

嫉妒和贪欲
是鬼的巢穴
在腐烂的阴影里
吐露出肮脏的獠牙
吞噬着
善良和诚实
停下来吧
可怜的孩子
角落里的犹大
在你迷失的前方
地狱之门
已经悄悄打开了

世间万物
都是向着光明生长的
人心
更不例外
我可怜的犹大
快快从阴暗中
出来吧

旅途的云天

如果你没有结婚
假如我没有嫁人
我会和你
谈一场
轰轰烈烈的恋爱

如果你耐心等待
假如我有翅膀
我会飞到天上
与你相会

那洁白的云啊
那深邃的蓝
请你们不要那么美
因为我
已经窒息般的陶醉

我曾经以为
世界
满是雾霾
我曾经以为
人心
充斥着尘垢

可是
当我在漂泊的浮世
发现了你
当我在漫长的旅途
邂逅了你
心中
又重新燃起了
远行的
希冀

静

清晨
照例
悄悄地走着
去约会
我的静

静
是淡淡的浮云
微微的晨风
是淅淅沥沥的小雨
婉转的鸟叫
单纯的蛙鸣

静
是一种心情
是过滤掉喧嚣
清洗掉尘垢
没有杂质的
纯净

静
是一种态度
是看过了
听过了
走过了
品尝过了
沉淀后的决定

静
是一种品质
是失落后的洒脱
孤寂中的充盈
是繁华散尽后
微笑着的
沉默

清晨
照例
悄悄地走着
去约会
我的静

秋晨红霞

美了的
是今晨的云
笑了的
是天边的霞
醉了的
是我的心

那片彩色的云啊
那片绯红的霞
我想摘下一朵
我想掬上一抹
放在手心上
轻轻地抚摸
我想拥你入怀
和你一起
深深地酣眠
做一个玫瑰色的梦

今晨的风啊
请你轻点儿吹
今晨的霞啊
请你慢些走
我想为你唱一首歌
我想献给你一束花
我想奉上一杯最醇的酒

尽情地唱吧
疯狂地舞吧
深沉的醉
只为了
你
这绝世的美

烟花

一朵一朵
怒放的烟花
从天而降
染红了夜空
照亮了海面

惊呼声
淹没了夏夜的蝉鸣
欢喜
写满了
每一张脸

烟花
是人类制造的
为自己进行的
礼赞与喝彩

神奇的绚丽
昙花般的短暂
把自我的价值和意义
定格在灿烂的
一瞬间

或许
所有的壮美
都是生命的自燃
烟花
燃烧了自己
给世界一个
美的宣言

烟花
是激情的花
是梦想的花
也是
人的心花

下雨的时候

下雨的时候
我喜欢
坐在窗前
让朦朦胧胧的雨幕
遮住我的视线

下雨的时候
我喜欢
走在路上
让淅淅沥沥的雨滴
打湿我的面庞

下雨的时候
我喜欢
坐在车里
让哗哗啦啦的雨声
敲击我的耳膜

下雨的时候
我喜欢
醉在梦里
让飘飘渺渺的雨烟
带走我的思绪

今夜
雨
静静地
无眠

故乡的小河

这
是一条内陆的季节河
唱着歌
从大山里走出来
哼着小曲
穿过丛林和平原
流向天边

夏天
雨水暴降
洪峰
像发狂的野兽
漫过堤岸
冲毁了房屋和农田
这
是她生命中的血性
是奔腾的激情

秋天
小河变得清澈、温柔和舒缓
像在金黄色的树林中
响起了
轻盈的华尔兹舞曲
又像一位大家闺秀
用深情的目光
对着两岸的风景
左顾右盼

冬天
小河开始酣眠
她在寒风中
安静地睡着了
当阳光洒在冰面上的时候
她折射出银光似的灿烂
掰下一块岸边的冰凌
吮在嘴里
又凉又甜

春天
百花盛开
万木竞绿
她把最后一股清流
像母亲将仅剩的一滴乳汁
挤给嗷嗷待哺的婴儿一样
让大地
全部吸干
然后
再耐心地等待夏天

这
就是
故乡的
那条小河
我心中的
母亲河

初秋的清晨

旭日
像羞红的
少女的脸
映红了
东边的天

云
带着恋恋的不舍
渐渐飘散
背影中
留下了
一缕缕的灿烂

格桑花
抖掉昨夜的雨露
开心地笑了
向着朝阳
送出五彩的早安

我
轻快地
行走着
迎着凉爽的风
吹起了
悦耳的口哨

初秋的清晨
不同的美
一样的心情

我的青纱帐

那
一望无际的青纱帐啊
是我的故乡
我的汗水
曾经啪嗒啪嗒
洒落在
宽厚的玉米叶上

在雨后的晚上
我悄悄地
站在玉米地旁
和漫天的星斗一起
倾听着它们
咔吧咔吧地
拔节生长

当旭日升起来的时候
我直起腰
停下锄头
抹一把脖子上的汗珠
微笑着
和玉米比量身高

那
一望无际的青纱帐啊
亲切的玉米地
是我儿时的游乐场
我把它当作森林
穿梭在里面
打游戏
捉迷藏

有时候
玉米也会不耐烦
为了惩治这些调皮的孩子
用锯齿一样的叶刺
故意把稚嫩的脸
擦疼、划伤

嘴馋的我们
也曾无情地
折断了你的秸秆
当作甜棒棒
或扭下未成熟的棒子
烤熟了
当作充饥的干粮

那
一望无际的青纱帐啊
我们怎能相忘
一年又一年
你染绿田野
掩映了村庄
更陪伴和哺育了
我的成长

秋天的高原

秋天的高原
金风飒飒
一簇簇的野菊花
哼着小曲儿
在草丛中
轻轻地摇曳

秋天的高原
金风飒飒
几匹马儿
矗立在草地上
平静地
像雕塑一样

秋天的高原
金风飒飒
白云悠悠
在山脊上
投下一片斑斓的云影

秋天的高原
金风飒飒
一只苍鹰
自由地盘旋着
突然
箭一般地俯冲下来
瞬间消失在了
树林的后面

秋天的高原
金风飒飒
所有的生命
在四季的更替中
为了同一首歌
合唱

大枣儿红了

大枣儿红了
像婴儿的脸蛋儿
俏皮地探出枝头
在晨曦中
嘻嘻地笑着

大枣儿红了
遮掩着内心的羞涩
灿烂的笑容里
充满了
美好与甜蜜

大枣儿红了
忍不住摘下一颗
拭去皮儿上的露水
轻轻咬上一口
凉丝丝的
香甜酥脆
把心都醉了

大枣儿红了
仔细咀嚼着
儿时的滋味
梦
又回到了
故乡的秋天
大枣儿红了

秋天的歌

秋天的歌
是蓝天上悠悠的白云
向丰腴的大地
露出的
慈祥的微笑

秋天的歌
是一阵阵凉爽的风
对经过酷暑的人
送出的
贴心的温柔

秋天的歌
是河堤上茂盛的蒿草
淹没了夏日
走过的
泥泞的小径

秋天的歌
是山坡上洁白的羊群
在咩咩的叫声中
喊出的
牧人的希望

秋天的歌
是遥望着远方
梦想着
那再也回不去的
童年和故乡

感恩

满满的都是感谢
幸运的都是遇见
舍弃小我
心怀善念
坚持必须的坚持
日复一日
年复一年

不怕风雨
不畏严寒
快乐地行走
携手小溪的优雅
抱定蓝天的情怀
直到走不动的那一天

感谢
还是满满的感谢
像鲜花无语
对着你微笑
像月光无声
送给你无限的温柔

心中有阳光
一切都会敞亮
心中有美
一切都会变好
谢谢你们
亲爱的老师、同学和朋友
今天
我可以自豪

向着朝阳出发

向着朝阳出发
天空是红的
大地也是红的
我的脸也是红的

向着朝阳出发
云霞是暖的
湖水是暖的
我的身体也是暖的

向着朝阳出发
风儿是轻快的
飞鸟是轻快的
我的脚步也是轻快的

向着朝阳出发
太阳是美的
世界是美的
我的心也是美的

芦苇

芦苇

簇拥在一起

在水中伫立着

静静地

伫立着

暴风雨来了

它们伏下身子

经受着风吹雨打

根

却拼命地抓着

脚下的泥土

风雨过后

它们又坚强地

挺起脊梁

对着阳光

抬起头

露出了灿烂的笑脸

有人说芦苇很柔弱

也有人说它们像墙头草

但是

柔弱中

隐含着一股坚韧

倒下了

就会再站起来

每当春风吹来
湖水畔
露出一丛丛鲜绿的嫩芽
每当寒霜初降
河两岸
到处是飞雪的芦花
夏季
它们是水鸟的天堂
严冬
依旧在北风中坚强
朴素的外表下

有一颗温柔的心
无论什么时候
都彼此相拥在一起
从生到死
紧紧依偎
不分不离

虽然瘦小
却像竹子一样
有一个空灵的胸膛
那不仅仅是虚怀
而是面对嘈杂世界的
自由的思想

我喜欢芦苇
喜欢看
它们悠然的身姿
喜欢思
它们对水的依恋
喜欢听
它们在风中
沙沙作响

暮秋

迎着这萧瑟的秋风
我忽然想起了冬

其实
暮秋是悄悄来的
虽然它惊动了银杏叶
但是
银杏叶并没有慌张
它只是从容地换了一套
与季节相配的时装
欢快地站到了暮秋的中央
倒是枫叶
不知是激动还是紧张
像一个初恋的姑娘
脸上充满了羞涩
那一片片醉人的红
又像深夜的山火一样
感染了漫山遍野的惆怅

我知道
下一个来的一定是霜
它虽然没有冰雪的寒冷
却是最冷酷无情
当它乘着夜幕降临的时候
所有的生命都开始颤栗
但是
我看得到也听得到
格桑的微笑和菊花的顽强

走在这萧瑟的秋风中
我想告诉冬
你慢些来吧
让秋多停留一会儿

行走

冬
真的来了
丢掉了秋日的温和
裹着阵阵的寒风
无情地
刺痛着裸露的手和脸

我在黑暗中
默默地行走着
周围一片寂静
听到的
只有风与耳蜗的摩擦声

我不知道为什么要行走
也不知道为什么
要独自行走在
这寂寥而寒冷的黎明
我只管行走
默默地行走
偶尔抬起头
看看星星
星星也在行走
回头望望月亮
月亮也在行走

风在行走
云在行走
身边的黑暗似乎也在行走
整个世界
整个宇宙
所有的一切
都在行走

或许
行走，就是行走
没有目的
也不需要什么理由
世界上的一切
都有自己的行程
日月星辰
在茫茫宇宙中
缓慢地行走着自己的生命
而我
在地球
不
只是在这条僻静的小路上
行走着既漫长又短暂的一生

我舍不得停下
也不能停下
哪怕前面
更黑
更冷

梦雪乡

站在窗前
看着纷纷扬扬的雪
覆盖了楼宇、树木和广场
顷刻间
世界变成了童话
童话变成了世界

我将目光投向远方
一派莽莽苍苍
那是白雪编织的穹幕
幻化出曾经熟识的
小河、田园和村庄
还有儿时的伙伴
和美丽的姑娘

我侧耳倾听
沙沙沙
雪正在轻柔地落下
吱吱吱
脚步正在有节奏地踏着积雪
隐隐约约
还有孩子们的欢笑

我闭上眼睛
让思绪在无垠的雪野上
自由地飞翔
伴随着那轻盈的雪花
飞回到了
童年的梦乡

分别

上次离开
下了雪
这次离开
又下了雨
我们总是失之交臂
那是去年冬天的第一场雪
我远在天涯
没看到你身着洁白的羽衣当空漫舞
今天
是初春的第一场雨
虽然近在咫尺
却没看到
你含情脉脉、轻灵飘逸
为什么
你的到来
总是我的离开
为什么
我的离开
却又是你的到来

或许
这就是命
但是
我要飞回去
哪怕看一看
你在大地上的安然睡姿
或是触摸一下
你滋润万物的痕迹
其实
也不必急
谁不知
那绿油油的麦苗
黄灿灿的迎春花
就是你幻化出的美丽
你是天地的精灵
雨和雪
是你烂漫的舞姿

过客

你乘着暮色来
我伴着晨光去
我们看到的是星星
遇见的是梦
走过的是路
你是过客
我也是过客

你挣扎在春秋
我奔波在战国
你是我的过客
我也是你的过客
我们都在历史的长河中飘过
你错过了我
我也错过了你
你泛舟太湖
我仗剑西去

我们拼的是命
搏的是性情
可时间总是那么小气
容不得你
也留不得我
让我们彼此擦肩而过

日月、星辰、宇宙和生命
都是彼此的过客
我们
匆匆走过
却来不及回头
你是过客
我也是过客

春雪

今天
雪
就是你的情人
从云里悄悄地跑出来
携着蒙蒙的雾
带着料峭的风
不要电闪
不要雷鸣
不要吵醒你的睡梦

将细腻的乡愁
轻轻地洒在
干涸的
田野、山林和小径
给这枯燥的冬末啊
给这苦难的人间
给我们紧张的
要破碎的心
带来一片久违的温柔

春雪
悄悄地下吧
别停别停
我躲在窗后
静静地注视着你
倾听着你的歌声

不远了
那是春歌的前奏
那是春潮的涌动
那是春天的序曲
疫情过去
必将是
又一个
柳暗花明

虫鸣

今晚
看不到月亮
也看不到星星
只有
软绵绵的云
和凉丝丝的风

小路上
没有车的轰鸣声
也没有人的吵闹声
只有草丛中
悦耳的虫鸣

像悠远的长笛
如短促的琴鸣
又像高歌
也似低诉
千万只秋虫
组成的交响乐队
演奏着
天籁般的合奏

我走近草丛
音乐戛然而止
身边
死一般的寂静
当我刚刚离开
身后
又是一片
如潮的歌声

秋虫
在自己的世界里
尽情地欢唱着
它们用歌声
传递着彼此的爱
也表达着
对人的嘲讽和抗争

我明白了
这诗性的夜晚
这神秘的草丛
是应该属于秋虫的
千万年了
它们生生不息
一直在用自己的生命
歌唱着

对于它们
生命只有一个春秋
所以
它们最懂得时间的珍贵
它们要用歌声
来充实
这短暂的生命

人类
请不要打搅它们
更不要伤害它们
我们只需
站在远处
静静地倾听
倾听它们的倾诉
倾听它们的心声

今晚
看不到月亮
也看不到星星
只有
软绵绵的云
和凉丝丝的风

马兰花开

当桃红柳绿之后
马兰花
静悄悄地开了
修长的花瓣
紫色的花朵
开在一丛嫩绿的叶子上

虽然紧挨着地面
但丝毫没有沾染
草芥的俗气
虽然身材矮小
但一点也没有
生命的卑微
虽然体形单薄
但思想没有贫瘠

头上有蓝天和白云
身旁有碧水和微风
心中有春天和温暖
你只管
自由地开放
烂漫地欢笑吧

不必和桃花争奇
也用不着和李花斗艳
更不必与海棠比俏
在群芳国里
只要坚守
朴素的美
和纯净的心

邂逅春云

在和煦的春风陪伴下
邂逅了云

云很静
像一艘小船
漂泊在蔚蓝的天空
没有一丝喧嚣

蓝天
像平静的海面
用它的纯净和慈祥
映衬着温柔的云

霞光
从东方出来了
像一个俏皮的伴娘
给云的脸上
罩上了一块红色的盖头

柳絮
悠悠地飞着
离开老柳的怀抱
心中荡漾着
云一样的梦想

湖水清清
像一面一尘不染的明镜
倒映着云的
倩影

今晨
邂逅了云
见面时
请别忘记
捎去我的一份
初夏的心

落寞

铅色的天空
灰色的雾
沉闷的空气
吹不起一丝快乐的风

怀念旭日初升的清晨
怀念细雨霏霏的夜晚
芦荻湖畔
白杨林中
约会着远古的宁静

对着昨天的回忆
端起今日的杯
在多愁的对影中
品尝落寞的滋味

梦境
都是醒来后
更加清晰
情感
只有失去的时候
才会倍加珍惜
未来
总是憧憬中
才会美好

落寞
是孤独的伴侣
是苦涩时的反思
也是新的希望的
开始

人生

人生
像一条溪流
穿过幽静的山谷
淌过苍茫的大地
走过纷繁的四季

有时
是涓涓细流
温柔舒缓
在草原上
哼唱着悠然的牧歌

有时
是湍急的漩涡
在自己制造的涡轮中
拼命地旋转
怎么也拔不出去

有时
像飞泻的瀑布
由不得自己
只能豁出命
奋力地从断崖上跳下去

有时
也会断流干涸
消失在
荒凉的沙滩
或枯萎的草地

人生
像一条溪流
无论路途多么遥远
前路多么艰难
奔向大海的心
不会改变

初夏的影子

风
是那么随意
刚刚把春送来
又急急地送走

花
飘落池塘
结束了浪漫的旅程
依偎着碧波
述说着曾经的辉煌

绿叶
张开一把把欢乐的伞
遮掩着对春的怀念
把枝头的灿烂
留给了昨天

月亮
什么都看过了
将似水的柔情
春夜的恬淡
静悄悄地洒向人间

人
总是跟不上
季节的脚步
刚刚脱下冬装
前面
已是初夏的影子

孤独

孤独

是一杯酒

你可以

端着它

慢慢地品

享受辛辣之后的醇香

也可以

一口喝干

让五脏六腑燃烧快乐的痛感

孤独

是一盏茶

你可以

浅饮

从中体味清苦后的恬淡

也可以

浓喝

让苦涩麻痹心中的干涸

孤独

是漆黑的夜

闭上眼睛

让思绪在无边的幽暗中遨游

睁开眼睛

在充盈的黑暗中

寻找自由的欢颜

我默默地

与孤独对视着

我静静地

与孤独共眠着

孤独

是我永久的伙伴

心境

一种难以言状的思绪
牵动着我的心
一股无名的力量
催动着我的脚步
穿过熟悉的街道
走过喧闹的人群
奔向那片
安静

经过了多年的风雨后
没有出现人们常说的彩虹
只是少了对物的欢喜
没有了对己的悲戚
心里平静的
就像这一汪澄澈的
止水

割舍不了的
是那一朵干干净净的粉
和那一支亭亭玉立的红
当微风拂过时
轻轻泛起的
是一圈一圈的
波动

站在你的身旁
就像守护着我的世界
静静地看着你
就像凝视着自己的心
眼前所有的光景都消失了
剩下的
只有你的
风情

露珠

昼与夜的碰撞
热与凉的交汇
天与地的约定
空气与植物的默契
孕育出了
美丽的
你

说你像珍珠
不
珍珠没有那么剔透
说你像翡翠
不
翡翠没有那么晶莹
说你像钻石
不
钻石没有那么纯净

你就是你
美丽的
露珠
你从来不讨好人
也不自我炫耀
更不依赖世间无聊的
评价体系

你喜欢阳光
只要有那么一点点
就还给大地一个微笑
你最喜欢草叶和花朵
用自己的纯净
洗涤草尖上的尘垢
用自己的清凉
抚慰花瓣中的干涩

你最懂得生命
因为你的一生很短
只有清晨的一瞬间
你最懂得珍惜
因为你活得那么洒脱和灿烂
你也最懂得退避
因为你知道
只有消失
才能得到生与美的
永恒

曼陀罗花

河堤上
盛开着一朵曼陀罗花
洁白的花瓣
紫色的花心
对着忧郁的天空
露出了
美丽的笑

我知道
你是在嘲笑
嘲笑身边的杂草
嘲笑世人的目光
嘲笑这无聊的世界
以及这世界
送给你的恶名

花之恶
是万万年的误会
人们不知道
你身上的毒
是为了保护你的美丽
你的神秘
是为了躲避
这世间的是是非非

我想让阳光
还你一个清白
我想让暴雨
冲洗掉你身上的污垢
我想在月光下
和你跳起华丽的舞步

如果美丽是一种毒
我希望你的毒素
染遍世界
如果善良是一种毒
我希望你的毒素
遍布山川大地
如果真诚是一种毒
我希望你的毒
浸入人心

妖艳的曼陀罗花啊
你尽情地绽放吧
避开花园中的
纷纷繁繁
告别人世间的
苟苟且且
为了自由
宁可做
花中的妖精

蝉鸣

蝉
声嘶力竭地叫着
清晨在叫
傍晚在叫
白昼在叫
深夜还在叫

蝉
自己也不知道
为什么
不停地鸣
为什么
拼命地叫

为了名
为了利
还是为了情
是欢喜
是悲伤
还是孤芳自赏

其实
这都是人的揣测
鸣叫
没有那么复杂
对于蝉
鸣叫
就是鸣叫
它是生命的律动
是活着的本质

刺猬

小的时候
曾经讨厌你
因为你肮脏、丑陋
有满身的刺

年轻的时候
曾经蔑视你
因为你胆小、猥琐
见不得阳光
遇到一点危险
就立即滚成一个球

可是
直到有一天
等我
经历了人间的风风雨雨
爬过了世上的沟沟坎坎
才慢慢懂了你

肮脏和猥琐
只是低调的掩饰
满身的刺
不是为了攻击
是要保护好自己

你知道
在这个弱肉强食
争名夺利的世界上
弱小和善良
活得
是多么的不易

如果
有神明
就请赐予
所有的弱小和善良
像你一样的刺

返校

久违了
我的校园
在细雨绵绵中
我又回到了
您的身边

曾经捧卷阅读的
木椅还在
只是木椅旁的树木
已经泛黄
曾经携手漫步的
小路还在
只是路旁的木槿花
已经凋谢

分别的时候
是在严冬的冰雪中
如今回来
没有了春
不见了夏
脸颊上
正掠过秋天的风

一切
似乎是那么熟悉
却有些陌生
慈祥的图书馆
肃穆的教学楼

还有
蓝汪汪的小池水
正在述说着
离绪和别愁

多么希望
操场上
再看到你
矫健的身影
林荫路上
还能听到
朗朗的读书声

多么希望
青春
充满校园
激情
在天空飞扬

夏夜思

夜莺啼叫
诉说暗的寂寥
合欢弄姿
渲染黑的风情

撩开夏夜的面纱
黑暗的深处
是妖娆的梦

我爱这夏夜的神秘
愿把整个身心
融化其中

在漆黑的深渊里
在无边的梦境中
让思想的一丝微光
尽情地
遨游

快乐的风

我想成为风
在天地间
自由地飞行

牵着雨的手
滋润干涸的大地
挽着雪的臂
装点荒凉的严冬

扫尽阴霾
还人间一个清明
荡涤尘埃
给天空一片洁净

春天
送你一股暖流
让鲜花开遍大地
盛夏
吹过一阵清凉
让酷暑离你远去

我想成为风
在天地间
尽情地飞行

清晨
伴着白云跳舞
夜晚
和着星星唱歌

当残阳如血的时候
和晚霞一起
相拥着
绚烂地燃烧

当皓月当空的时候
飞向蟾宫
桂花树下
与嫦娥广袖共舞

我想成为风
在天地间
坚强地飞行

遇到高山
我会谦逊地绕行
遇到大海
我会温柔地掠过

遇到枯叶
我会横扫无情
遇到沉闷
我会激起波涛的汹涌

我想成为风
在天地间
快乐地飞行

牵牛花

看过你千百遍
还是看不够
梦见你多少回
依旧在心头

忘不了
那旭日中的笑脸
忘不了
那夕阳下的羞颜
更忘不了
甘霖沐浴过的
玉珠涟涟

走过田园
你在篱笆上向我招手
走过湖畔
你在堤岸上向我微笑
走过山间
你在溪谷旁为我欢歌

你是深情的花
无论站得多高
走得多远
都要牵着藤蔓

你是感恩的花
无论起得多早
睡得多晚
都要向阳光问候

你是乐观的花
只要有一把土
就会开放
将欢乐带给四方

你是坚强的花
从不喜欢温室或盆栽
经得风雨
也傲得严霜

牵牛花
你是美丽的花
也是我
心中的花

暑夜静思

思想
正在沉闷的空气中
发霉
腐烂

梦
正在酷热的大地上
蒸发
消失

热情
被放进恒温的冰箱中
保鲜
冷冻

价值
被放到哈哈镜前观看
扭曲
变形

自由
就是宴席上的酒肉
吃饱
管够

英英草

英英草
是杂草中的杂草
一根纤细的茎
几片单薄的叶
顶着一个
谷穗似的英英

或许
知道登不了大雅之堂
或许
明白自己低微的身世
总是
躲避着世人的目光
生长在路边
徘徊在墙角

的确
于人而言
英英草百无一用
既做不得果腹的食粮
也成不了美丽的风景

但是
我还是喜欢你
喜欢你

生的洒脱
活的充盈
喜欢你的平凡
喜欢你的亲切

从不攀缘富贵
也不自暴自弃
只要
一点阳光
几滴雨露
就会顽强地生长

虽为草芥
亦称英雄
每当盛夏的时候
丰硕的草籽
就成了鸟儿的粮仓
茂盛的草丛
是虫儿们快乐的夏令营

雨

雨
敲打着伞
就像敲打着我的心
紧紧抓住雨的手
挽住雨的臂
让伞
在空中舞起
彩色的梦

雨
敲打着伞
就像敲打着我的心
闭上眼睛
侧耳倾听
全世界
都是水的欢笑声

雨
敲打着伞
就像敲打着我的心
一滴雨瓣儿
从伞的边缘滑下来
滴到脸颊上
给了我
凉丝丝的
一个吻

雨
敲打着伞
就像敲打着我的心
又想起了
那条弯曲的小河
还有
掩映在烟雨中的
小树林

冬晨的路

冬晨的路
漆黑一片
冬晨的路
风雪交加
冬晨的路
寒风刺骨

我
依然走着
走了一天又一天
走了一冬又一冬
走了一年又一年

我
并没有奢望春天
也没有向往花开灿烂
因为我知道
在这寒冷的冬晨行走
就是我的宿命

我并不孤独

我喜欢

在黑暗中行走

我喜欢

在寒风中挣扎

我也喜欢

踩着冰雪向前

我很幸运

遇到了月亮

还有那漫天的繁星

它们是我的朋友

也是我知心的伙伴

冬晨的路

我不孤单

我将在寒冷的黑暗中

继续走下去

一千年

一万年

直到永远

一个人的天路

那是一条小路
一条无人问津
几乎不再有人行走的小路
孤零零地
延伸在废弃的河堤上
宽不过几尺
长不过数百步

我喜欢一个人
在小路上漫步
喜欢
清晨的那份宁静
也喜欢
傍晚的那份温馨
更喜欢
那种淡淡的孤寂

黎明时分
目送着晓月淡淡离去
看着旭日冉冉升起
夕阳西下时
沐浴着火一样的晚霞
和私语般的晚风
如醉如痴

当春风吹来的时候
小草的嫩芽铺满了生命的希望
如烟的河柳染绿了前方
燕子尽情地低飞
蜂蝶欢快地相戏

盛夏的时节
田璇花攀附在草丛上
与牵牛花斗艳争芳
各种不知名的昆虫鸣叫着
筑巢繁衍
生生不息

秋冬的时候
寒霜覆盖着路旁的蒿草
河堤下芦花随风摇曳
有一天
忽然飘起了雪
身后留下了
一串洁白的足迹

在推土机的轰鸣中
那条小路已经消失了
但是
它是我的天路
是我不灭的王国
也是我永久的记忆

数星星

听着悠悠的
虫鸣
吹着凉爽的
秋风
坐在土丘的
石凳上
我仰着头
数星星

一颗、两颗
……
越数越多
忘记了黑暗
忘记了夜
也忘记了数星星的
我

我在寻找
哪颗是牛郎
哪颗又是织女

星星眨着眼
像是在冲着我欢笑
又像是
在遥远的地方
跟我挥手

那无边无际的星空啊
那深邃浩渺的天河
请飘来一朵云吧
让我飞上去
轻轻地
拉一拉
星星的手
给它一个吻

这静谧的夜
这多情的风
今晚
请给那对天上的情人
一个甜美的梦

时光

今夏的
最后一场雨
过去了
它把所有的激情
留给了大地

风
送走了
暑天的酷热
捎来了
秋的讯息

蝉
不知什么时候
停止了嘶叫
只有虫
还在草丛深处
低鸣

我
感到了
记忆中的凉意

于是
从衣柜底部
翻出了
压得褶皱的
长袖衣

时光
在无声无息地
流逝着
看着池塘中
渐渐枯黄的荷叶
我知道
夏
又过去了

我多么想
登上山顶
挽留住
那片岁月的云
让时光
慢些走

山

山
是你的天梯
沿着它
向上攀爬
就能摸到梦想的
那片云

山
是折叠的画卷
只要你肯走
总有新的景色
出现在
眼前

山
是心的驿站
当厌倦了尘世
当累的时候
可以躺在它的怀抱
自由地酣眠

山
是无尽的路
看着近在咫尺
可走过去
过了一道岭
又是一道沟

山
是梦中的词句
站在巅峰
眺望远方
可以尽情地构思
最美的诗篇

燕下都怀古

在燕下都的遗址上
像棋盘上的棋子一样
坐落着许多灰黑色的硕大土坟
表面到处是被雨水冲刷的沟坎
和矮矮的杂草

两千年了
坟中的棺椁和尸身
或许
早已化为了灰烬
埋葬的王公贵族
也已经无人问津

只有孤零零的土坟
随着四季的交替
沐浴着风霜雨雪
见证着朝代的成败
和人间的冷暖是非
用满脸的沧桑
述说着当年
悲壮或风尘

当夕阳西下
晚霞洒满西天的时候
站在土坟顶端
四下眺望
近处的农田、村庄、小河、树林
远处的山峦和浮云
还有回家路上的农人
像一幅静止的图画
尽收眼底

我努力寻找着
武阳台上的宫殿
黄金台边的招贤榜
九女台的风姿
练台的车马
和杭土城墙上的狼烟

不见了仗剑而歌的荆轲
不见了击筑相和的高渐离
也不见了悲情的燕丹
只有静静的易水河
从东到西
从古到今
穿越着时空
蜿蜿蜒蜒
流淌不断

都城的辉煌和时代的故事
早已在地下沉睡
留下的
是一辈又一辈
生生不息
在土坟边生活和劳作的子孙

燕下都
我的故乡
你留下了
无尽的慷慨悲壮
如今
只让这些沉默的土坟
倾诉着衷肠

荷叶黄了

荷叶
枯黄了
静静地倒在了
清凉的
水中

一只青蛙
露出头
抬眼向四周看了看
又潜入水中
泛起的涟漪
马上恢复了
平静

没有了赏花人
没有了声音
只有一丝微风
抚慰着荷叶
凌乱的
倒影

我喜欢
秋晨的荷塘
和她那来不及梳妆的
自然模样
揉揉惺忪的睡眼
对着天空
慵懒地
打个哈欠

用不着忧伤
既然过了花季
到了熟年
就不必再强装
应该平静的
享受
恬淡的时光

回到水中
俯身泥下
那里
有你的
藕断丝连
和来年的
梦想

幸

小时候
看着山
总问山那边是什么
老人回答
还是山

小时候
望着天
总问天外边是什么
老人回答
还是天

于是
我梦想着
看一看
山的那边
天的外面

长大了
我知道了
山那边
住着和这里一样的人
也有苦和甜

天没有边
除了星星
还是星星
除了月亮
还是月亮

于是
我不再有梦
我明白了
原来
知
是幸
不知
也是幸

我心徜徉

秋风
轻轻地
吹着
送来了
阵阵的
凉爽

夕阳
西下了
在池塘边的
柳梢头
出现了一弯
新月

皎洁地
楚楚地
脉脉含情地
冲着我
微笑

曾经寻觅
曾经醉倒
曾经人海茫茫
也曾经
四处游荡

有一天
鬓角
生了白发
还想借一双翅膀
向着你
飞翔

飞到
你的身旁
在你的光海里
自由地
徜徉

再访京都

京都
我
又来了
在烟雨朦胧中
像瞻仰遗容一样
默默地走着、看着
清水寺、金阁寺、龙安寺
掠过
一个又一个
涂抹着唐宋胭脂的
历史遗迹

没有兴奋
没有感动
只有湿漉漉的心情
和疲惫的身体
我动员了
所有的知识和记忆
寻找属于我的
自豪的发现

我想象着
春天美丽的樱花
深秋烂漫的红叶
可心情
依旧是
湿漉漉的
身体
依然满是疲惫

我期盼着
岚山茂密的松林丛中
穿出来的
是那一束明媚的阳光
和阳光下那一抹
姣妍的
赤红

小林多喜二诞辰百周年祭

小樽

我来了
不想说故乡
也不想说姓名
因为我
是《蟹工船》的人

小樽美吗
不
它是一座平凡的城市
平凡的山
平凡的海
平凡的市井
平凡的街面

但是
在这座小小的港城
诞生了
一颗璀璨的星
我有些惊奇
为什么
是这样
一座平凡的城市

雪
飘飘地下着
覆盖了人家
覆盖了街道
覆盖了一切的
美丽和丑恶

你
在厚厚的雪棉被下
安详地睡着
为什么
要掀起雪棉被啊
为什么
要唤醒你

对不起
这个世界
患了集体痴呆症
这里的人群
患了集体失语病

请原谅吧
为了唤醒人们
唤起人们失去的记忆
为了让患病的社会
患病的人群
听见你
七十年前
呐喊的声音

我来了
我们来了
多喜二啊
这个世界
是不会忘记你的
请你
在厚厚的
雪棉被下
安息吧

美的名义

一片绿叶
带着清纯和质朴
一朵鲜花
露出雍容和绚烂

不管是过去
还是今天
都将成为老去的足迹
回首时
都是生命的记忆

清纯
就让它像晶莹的朝露
清纯到底
绚烂
就让它像夜空的繁星
绚烂无边

鄙夷
这苍白的世界
笑傲
这庸碌的人生
一切
都以美的名义

假如

假如雨露不能滋润大地
就让它化作冰山
永远封存在遥远的极地

假如春风不能抚慰嫩叶
就让它充进轮胎
终生与水泥路面活在一起

假如太阳不能温暖万物
就把它囚禁在深深的幽冥
一辈子与黑暗为伴

假如月亮不能述说离恨别情
就让它被天狗吞噬
然后变成银河的垃圾

假如生命之火不能为青春和爱而燃烧
就让它化为腐朽
永远做宇宙的尘土

非主流

大路上
人车如流
所有的眼睛
所有的脸
所有的心
都急切地
朝着一个方向
奔走

前方是什么
是生活
是理想
是欲望的
集散地
也是人生的
名利场

人们互相追逐着
抢时间
争速度
在秩序的缝隙中
拼命地
往前挤

我
选择了
偏僻的小路
踩着
雪后的湿滑
和雨后的泥泞
一步一步
走向
非主流

玉

有一天
在乱石中
发现了你
犹如
在迷雾中
发现了一线光明
或者
在尘埃中
遇见了一块洁净
不
应该是
在嘈杂和烦闷中
寻到了
一处宁静

有人说你
温润含蓄
也有人说你
高贵典雅
还有人说你
超凡脱俗
比得过
万千的江山社稷

但是
谁知道
那都不是真正的你
更不是
你需要的你
你要的是
有人把你时刻捧在手心
或紧紧地贴在胸前
用肌肤摩擦你的肌肤
用体温温暖你的体温
让心跳跳动你的心跳

哪怕是碎
也要
在流转的时空里
在天定的尘缘中
完成一个
圣洁的
梦

东湖的水

东湖的水
像一位安静的处子
藏在芦苇丛的深闺里
躲避着岸上的喧嚣
与人间的焦躁

东湖的水
像一位坚强的父亲
张开有力的臂膀
搏击着夏日的风雨
抗击着冬天的严寒

东湖的水
像一位慈祥的母亲
将旭日和晚霞
像拥抱儿女一样
揽入自己的怀抱

东湖的水
像一位深情的恋人
牵手着明亮的星星
亲吻着皎洁的月光
在美丽的夜色下
悠悠漾漾

后　记

去年，《如意四季歌》的出版，得到了亲朋好友和出版社的大力支持，也受到了许多读者的喜爱。这不但令我高兴，也增加了我在诗歌写作上的自信心。今年，在朋友的鼓励下，将近几年写的一些现代诗歌汇集起来，交由河北大学出版社结集出版，诗集的名字与《如意四季歌》顺排下来，叫《如意的星空》。

对于写诗，我应该是一个外行。譬如古诗词，也和大家一样，只是小时候经常习诵一些，至于诗词的格律、规矩等，知之甚少，所以我所写的古诗，不是什么严格意义上的“绝句”或“律诗”，而是一种“拟古体”。我的现代自由诗也是如此。在写作的时候，我没有追求什么诗歌的形式，而是按照自己对诗歌的理解和表达习惯而写的。至于能不能称为现代诗，我也不敢断言，姑且称之为现代自由体吧。

写东西，是我的一个爱好，也是我的一种生活方式。我的职业是大学教师，平时的工作也包括学术论文的写作。但学术论文写作讲究的是批判性的逻辑思维，而诗歌创作更偏重于感性，属于形象思维。在日常生活中，经常有一些感动或感悟，我喜欢诗歌的简短形式和富有张力的语言，于是诗歌就成了我思想感情表达的一个重要方式。在诗歌的写作过程中，我感到了内心的充盈，同时也享受了表达的快乐。

写诗需要有一颗诗心。所谓诗心，我认为就是一种真诚，是一种真诚的表达和表达的真诚，也是诗歌的灵魂。诗歌是一个人对生活感悟和思考的升华，是一个人人生观和价值观的真实反映。因此，我写诗的首要原则就是真诚。我希望把自己的这种真诚，通过阅读活动传递给读者，与读者分享，让更多的人产生共鸣，产生情感上的愉悦。这也可以说是一种诗心的最好体现。大千世界，形形色色，林林总总，我们需要找一块净土，安放自己的情感和心灵。诗歌，无疑就是我们心灵的一方净土。我也希望更多的人能够通过阅读，在诗歌的语言中找到自己的净土，从中获得快乐的体验。

诗歌是一种高雅的美。诗歌是雅俗共赏的，但我认为诗歌必须是美的。在我的理解中，仅从形式上来讲，古体诗更像是男性，现代诗则更偏重于女性。古体诗简短凝练、刚劲有力、直观性强，可谓是诗歌中的山；现代诗绵长丰满、柔美含蓄、充盈细腻，可谓是诗歌中的水。这两种形式，恰似诗歌中的两轮，刚柔相济，维系着诗歌的美学功能。我既喜欢古体诗，也喜欢现代自由诗，正是缘于它们不同的形式特色。在《如意的星空》中，或许体现了我自身关于这种诗歌美学的理解。

但无论怎么说，我仍然是一个业余的创作者。既不懂诗歌创作理论，也没有创作经验。《如意的星空》的问世，既是一种偶然，也是一种尝试，希望得到大家的批评和指正。诗歌创作是需要灵感和激情的，而我的灵感和激情来自于对人和自然的爱，来自于对美好的追求。感谢赋予我灵感和激情的世界！感谢我所爱的人！同时也特别感谢为我的诗集作序的刘增山先生！感谢河北大学出版社的领导、责任编辑和美术编辑！

张如意

2020年8月